Ioana Mihaela Lipovan

EL DIARIO DE UNA PERSONA ROTA

Albert editor
Madrid

Ioana Mihaela Lipovan
EL DIARIO DE UNA PERSONA ROTA

texto
Ioana Mihaela Lipovan

cubierta
Albert editor sobre una fotografía de Engin Akyurt

cuidado editorial
Albert editor (www.albert-editor.com)

depósito legal
M-25185-2024

ISBN
978-84-128607-6-4

impresión
imprimelibros.com

EL DIARIO DE UNA PERSONA ROTA

El ruido que hay en el silencio

Miro a la pared, el silencio vuelve a inundar todo pero a pesar de que afuera no se escuche nada hay una voz en mi cabeza que todo el rato me exige más: "si sigues así nadie te querrá", "debes ser lo suficientemente buena", "sigue, por más que no puedas".

Todo a mi alrededor parece tan perfecto, tan tranquilo, mientras que en mi interior todo está en un sin control de pensamientos, no puedo dejar de pensar en que me gustaría ser como los demás, en lo que podría suceder si yo fuese diferente, si fuese mejor.

Una hoja se posa sobre el alféizar con una perfección inexplicable, suspiro en un intento de callar mi mente y abro la ventana, el silencio desaparece con el sonido de las gotas del agua caer bruscamente contra el suelo. Mi mente para.

Por primera vez hay paz en mi cabeza aunque no creo que dure mucho, cierro los ojos en un intento de que esa calma se mantenga por el suficiente tiempo, para poder al menos pararme a sentir la brisa del otoño en mi cara; vuelvo a suspirar y cierro la ventana, la paz desaparece y vuelve ese sinfín de pensamientos que evitan mi concentración.

Me llaman pero no escucho quién es, ni siquiera sé qué me dice. Suelto un "¿qué?" cómo un mecanismo de respuesta. Vuelven a llamarme. Es mi madre pidiéndome que haga algo productivo, ni siquiera sabía que me estaba observando desde el marco de la puerta, ella no sabe que por primera vez en semanas he conseguido un poco de paz, por primera vez mi mente se ha callado y he vuelto a ser yo, aunque no haya durado mucho.

"Estaba pensando" contesto. Tampoco es que quiera que ella lo sepa. Ella niega como si me dijera claramente que piensa que estoy tirando mi futuro a la deriva, cosa en la que discrepo, si no me parase a poder comprender qué me pasa sí estaría lanzando mi futuro por la borda.

"Si estuvieras en una habitación llena de gente nadie te elegiría" dice esa voz por sexta vez en el día y creo que tiene razón. Nadie me pregunta cómo estoy hasta que la última gota colma el vaso y estallo en un mar de lágrimas y de emociones negativas y, aún así, a nadie le importa de verdad.

Pensando y debatiendo conmigo misma llego a la conclusión de que no hay gente que no sea desinteresada, todas las relaciones se basan en interés, sea mayor o menor, por eso no los soporto, y no me soporto a mí porque soy igual de hipócrita que todos los demás; me junto con la gente para callar esas voces, interés, se juntan conmigo porque no soportan estar solos, interés, me hablan para obtener experiencia a base de mi historia, interés. Todo en esta vida es interés.

El fantasma del pasado

A veces daría lo que pudiese para sentirme viva, para sentir mis pulmones respirar, mi corazón latir olvidando que todos ellos están allí, me siento vacía, en mi ser no hay una pizca de color porque de tanto intentar pintar el lienzo de otras personas mi paleta de colores ha quedado limitada a nada.

A veces nos preguntamos cosas que en el fondo no importan: "¿qué imagen habré dado?", "¿es mi culpa?" u otras cosas del estilo.

Te sientes muerto cuando estás más vivo que nunca, lloras sabiendo que te queda la esperanza de en algún momento poder salir de ese pozo sin fondo, de poder salir a respirar por primera vez en meses o incluso años, gritas con la esperanza de poder volver a escuchar tu voz siendo esto inútil pues solo salen pequeños susurros y allí es cuando te preguntas "¿de verdad vale la pena este sufrimiento?"

Tras sentirse así a menudo te das cuenta de que en realidad el peor enemigo de una persona es una misma, siempre vemos lo peor de nosotros cuando en realidad no hay nadie que nos vea así.

Entonces, ¿por qué?, ¿por qué me preocupa tanto lo que opina la gente? tampoco es que a ellos les importe mucho lo que yo haga o diga.

Sufrimos por algo que no está en nuestra mano pero si podemos mejorar algo lo negamos como si de una enfermedad se tratase y es irónico porque cuando nos damos cuenta de que hay algo que está mal intentamos rehuirlo para no afrontar la verdad, para seguir viviendo en nuestra realidad idealizada.

Las verdades duelen pero lo que más duele es saber que no puedes hacer nada para que la mentira en la que estás viviendo comience a desarrollarse como una realidad, sabiendo que aferrarse a una idea daña mucho más que la verdad.

Y todo a raíz del fantasma del pasado que te persigue y atormenta afectando a tu presente y a tu futuro, intentas salir de ese ciclo en el que dejas que lo que te pasó se quede clavado en tu espalda como dagas afiladas en vez de intentar curar las heridas.

Sé que no estoy vacía, que existo, pero no puedo evitar que la sangre que cae de esas dagas no me afecte; poco a poco intento sacarlas pero es complicado, sobre todo, cuando la persona que las clavó me saluda como si nada porque parece no recordarlo.

A veces siento que todo pasó en mi cabeza y que solo me lo invento, eso es una consecuencia de sumirse en una realidad idealizada cuando el suelo está bajo tus pies, sientes que la realidad es falsa, que es tu imaginación, que solo exageras cuando en realidad sólo estás contando tu verdad.

"Nadia ¿vienes o te quedas allí sola?", pregunta mi amiga devolviéndome al presente. "Ya voy, esperadme".

La luz de la luna

En un pasado me hubiera gustado decirte que te quería. Escribía y escribía con la esperanza de que las palabras se convirtiesen en vivencias. Te miraba a lo lejos en las gradas, tú jugabas al fútbol con una sonrisa en la cara y mi corazón cada vez que la pelota a mí se acercaba y tú ibas a por ella me ardía.

Te amé tanto que en un momento solo podía pensar en ti, en lo que podríamos ser si yo a ti me declarase y tú sintieras lo mismo, te escribía cartas diciendo todo lo que sentía, pero tú de mí te reías "Nadie te querrá si sigues escribiendo" decías.

Por suerte ya no siento nada por ti, tampoco te puedo odiar porque sería darte mucha importancia, importancia que no tienes, mi mente ha dejado de pensar en ti y de soñar con un nosotros cuando claramente nunca lo hubo y cuando nunca hubiera podido suceder.

Aguanté varios años tus constantes burlas, tu insoportable voz y por fin puedo decir que de ti no quiero nada.

Fuiste cruel y ahora vienes a hablar conmigo como si nada, ahora me llamas guapa cuando en un pasado me insultabas, ahora te atreves a mirarme cuando antes evitabas mi mirada, no podrías ser más hipócrita.

Cierro esto deseando que algún día cambies, a pesar de saber que un lobo por muy de oveja que se vista siempre será un lobo.

Nunca cambiarás, 9 años y sigues siendo igual, pero yo duermo tranquila; pues mientras la luna ilumina levemente mi habitación y solo se escucha el viento y el sonido de mi respiración, tú en algún futuro a esa luna que fue mi cobijo temerás.

Querida yo

No le importas a nadie y no, no te estoy mintiendo. Cuando te quedas todas esas noches llorando en la comodidad de tu cama o sufriendo por cómo te ves, por cómo eres... nadie está pensando en ti.

Miras a la luna y le cuentas tus secretos porque nadie quiere escucharlos y aunque la luna no hable ayuda más que comunicarlo con tus palabras. Escuchas el sonido de la lluvia y le cuentas tus inseguridades esperando que se las lleve cuando el sol vuelva a aparecer de entre las nubes.

Has ido a tantos sitios hermosos, valorando su belleza sin ver que eres igual de perfecta que ese atardecer. Te abrazas para calmar a aquella sombra que se oculta en tu pecho, aquella sombra que no te deja respirar y sólo te hace llorar.

Estás en silencio y solo tú te escuchas porque sabes que nadie lo hará, guardas tus sentimientos en una caja por el miedo a las burlas, disfrutas más de tu compañía y la de un libro que la de la gente...

Cuando sales a la calle lo haces con tus cascos, no quieres escuchar a los demás, bastante tienes con escucharte a ti, admiras aquel cielo rosáceo y piensas que en un futuro serás igual de guapa.

Nadie sabe lo que tu corazón esconde porque lo escondes con una sonrisa y un "estoy bien" cuando sabes que no es así, miras el techo de tu habitación deseando irte del mundo, cada vez te sientes más sola.

Estás rodeada de gente que no te entiende, que no te valora, que no te escucha, que no te ve y te preguntas qué pasaría si tú te convirtieras en ese atardecer, si desaparecieses.

El viento se lleva ese secreto y mientras acaricia tu cara te hace saber que estarás bien, solo necesitas ese abrazo que tú te das por las noches porque en el fondo quieres sentirte viva y querida.

La leve música del piano inunda tu corazón mientras escribes, es lo único que no te ha dejado de gustar, sientes que estás en paz, que hablando contigo y creando personajes estás bien.

Y ahora miras a la luna y le cuentas que sientes esperanza de nuevo.

Cierras los ojos y dejas que sea tu cerebro quién salve a tu corazón, no te quieres dejar vencer, quieres seguir viendo la luna y has dejado de desearte la muerte.

Escuchas música en tus cascos mientras escribes, observas a la gente para hacerles sentir vistos, les escuchas, sonríes para darles un poco de confort.

La luna está orgullosa de la persona en la que te has convertido, la lluvia sigue guardando tus inseguridades y aquel viento que te di esperanza hace que te sientas viva. Has vuelto a ser tú, a ser aquella chica que admiraba su propia compañía pero a la que también le gusta estar junto a los demás; a veces te sigues sintiendo sola y vuelves a desear ser ese cielo tan hermoso pero es el proceso, supongo.

Aquella noche

Creo que soy más tuya que mía, te deseo más que a nadie, por las noches trazo la forma de mis labios con mi mano izquierda para que simule ser la tuya, recito mis oraciones a la cortina como si esta te pudiera transmitir mi amor.

Sé que no te sientes igual, tus ojos se fijan en ella, la buscas con tu mirada, tus suspiros llevan su nombre grabado en ellos, tus ojos reflejan los suyos y no puedo evitar desear ser ella para que me mires como lo haces con ella.

¿Soy yo la culpable de mi desdicha? Solo deseo ser amada, amada por ti.

No creo que mi belleza sea tan atroz como para que la señales como una burla, para que tu mirada evite a la mía porque no te gusta verme, me haces sufrir y sé que el amor no es así pero no puedo evitar que mis suspiros tengan inscrito tu nombre en ellos.

No me mereces, no te mereces que haya alguien capaz de morir por ti como lo hago yo y deseo que ella encuentre a alguien mejor que tú, pero aún así, incluso aunque no merezcas mi ser, si pudiese hacer lo que fuera para que tú me miraras, lo haría todo.

En este momento, soy un mar de emociones, todas contrarias, que hace que me sienta aún más confusa. Acabas de descubrir lo que estoy haciendo y solo te has burlado, me has mirado con desdén; cómo si el escribir mi amor por ti fuese un crimen.

Me haces daño, las dagas comienzan a ser mucho más notorias, me paso las noches llorando tu nombre pues para mí ya estás muerto, aunque estoy segura de que lo que ha muerto es una parte de mí, una parte que tú te encargaste de desvivir y de carcomer, una parte de mí que tú tomaste con tus frías manos y con la que jugaste.

Las noches se han vuelto oscuras desde aquel incidente y aunque es imposible que tu nombre de mi mente se borre cada vez pienso menos en ti y en tu sonrisa que de mí se ríe.

Desde que te llevaste ese pedacito de mí y lo arruinaste hay otra parte de mí que ha muerto y no debería haberlo hecho, me paso las noches llorando pues en mí solo generaste inseguridades, que ya ni pueda sentirme decente, no es solo tu culpa pero fuiste un gran detonante para mí.

"La luna comenzará a llevar mi nombre, lo haré esta noche" me encierro en el baño y una voz suena en mi cabeza aunque suena lejana, muy lejana, casi ni distingo lo que dice "tu puedes, saldrás de esto".

No me mereces, nunca lo hiciste y hoy por fin he entendido que no fue mi culpa, solo era una niña pero tú y muchas personas más la matasteis y os encargasteis de que no quede nada de ella. No tienes derecho de portar mi nombre entre tus labios como si nada, ni tú ni esa gente, sois indignos de mi memoria.

Esas chicas

Nunca seré ese amor de verano de una persona, tampoco seré la razón de parte de su felicidad ni de su despertar.

Siempre he escuchado las historias de la gente enamorada y deseaba que me pasase algo parecido, que alguien al mirarme sienta que está en paz, que me digan que soy hermosa cuando esté despeinada.

Supongo que siempre estaré tras la sombra de esas mujeres tan atractivas que siempre llevan ropa bonita y elegante, que siempre llevan los cascos puestos con su música y huelen a colonia cara, esas mujeres que hechizan a cada chico al que se acercan con su carisma, esas mujeres que tienen escrito en la frente "mírame, soy hermosa"

Soy solo una chica sin esperanzas en el amor, sé que llegará ese alguien que me ame con mis defectos y virtudes pero también creo que es difícil que les guste o atraiga nada más me vean, que digan "guau, qué chica más guapa"

Siempre que un chico me ha gustado ellos se reían de mí o se burlaban de mi aspecto físico, temo enamorarme de alguien que no me ame o respete, de alguien que no me ame de vuelta.

Cada día pasa cada vez más lento para mí, veo a gente dejar a sus parejas por tonterías y pienso, para mis adentros, que son muy afortunados por al menos poder haberse sentido amados por otra persona, por ser vistos y escuchados, por ser amados de una manera en la que me encantaría ser amada.

He intentado cambiar, verme más guapa y aun así no hay persona alguna que me mire y suspire por mí, o cuya mirada refleje mi ser, que me desee más que a nadie o que por las noches se imagine estando conmigo, creo que el problema soy yo.

Mis inseguridades solo me generan preocupaciones sin sentido, pensamientos que van en mi contra. Por eso opino que soy mi peor enemiga, siempre me rebajo porque no me veo de forma positiva, no me veo capaz de ser amada.

Y otra vez estoy aquí, sola, escribiendo mis preocupaciones porque no sé cómo desahogarme de otra forma.

Esas estrellas
que brillan en la oscuridad

Sé cuánto te odias a ti misma, te miras en el espejo y deseas cambiar cómo te ves, cada vez te cuesta más mirarte y pensar que eres bella.

No es tu culpa, tú solo te creías todos los insultos, todas esas cosas que nunca fueron verdad y se te quedaron grabadas en la mente, comenzaste a creer que tenían razón, pero aún así quieres una disculpa, un simple "lo siento mucho".

Ambas sabemos que no se van a disculpar y entonces, lo hago yo contigo, porque también fui cruel con esa persona que está ahora aquí, sentada frente al espejo.

Siento que hayas pasado tantas noches mirando al techo pensando en las cosas que podrías haber cambiado para que te quisieran. Siento que no puedas mirarte en el espejo por más de 5 minutos sin desear que el espejo se rompa, como lo estás tú. Siento que temas ser amada porque piensas que solo están sintiendo pena por ti. Siento que no tengas una relación sana con tu ser. Siento que hayas confesado a la luna tu deseo de convertirte en una de sus estrellas favoritas para ver si así brillarás. Siento que entre la multitud temas el destacar por si así te juzgarán.

Tengo el firme pensamiento de que todas las mejores personas, aquellas estrellas que son las que más brillan en la oscuridad, son también las personas que, perdón por la expresión, más mierda llevan sobre sus hombros; las que han tenido que caer cientos de veces para entender la vida, las que ven el mundo de otra forma porque este no ha sido bueno con ellas.

No es justo que tengas que callarte por miedo a que te juzguen o que evites que te miren intentando camuflarte en la gente cuando tienes una luz que destaca entre la multitud.

Te mereces ser feliz, mirarte en el espejo y pensar que eres el ser más bello del universo, salir con tus amigos y hablar todo lo que te apetezca, porque ya estás cansada de escuchar todo el rato, que te escuchen ahora a ti.

No te merecías pasar esas noches llorando mientras intentabas encontrar entretenimiento en la música o en la literatura. No te merecías el odiarte a ti misma tanto que sentías que no eres tú misma. No te merecías sufrir por quién eres, por como te ves. Nada de lo que te hicieron creer, de lo que grabaron en tus pensamientos, nada de eso es tu culpa.

Espero que en algún futuro puedas ver quién eres en realidad y no una imagen de ti que otras personas crearon, una imagen de ti que no es real. Espero que tus cicatrices sanen, esas cicatrices que te hacen más fuerte. Espero que sepas poder vivir en paz contigo misma y no te sientas culpable por cada pequeña cosa que hagas, por cada sonrisa que regales. Y espero que seas feliz porque te lo mereces.

La calidez de tus labios

Me encantaría decirte que me muero por la calidez de tus labios, te preguntaste si eras guapo y en mi cabeza solo existe tu nombre, tu cara, tu cuerpo, tus manos. Te has adueñado de mi ser, de mi hablar, de mi voz, es la primera vez que siento algo así por alguien.

Me encantaría que me envuelvas en tus brazos, que me hagas sentir segura, me encantaría que me tocaras como si fuera la persona más bella del mundo. Me encantaría decirte que estoy perdidamente enamorada de ti, que haces que el corazón se me acelere solo con un "hola".

Me dijiste que odias tu sonrisa cuando es la razón de la mía, me dijiste que odiabas tus ojos cuando yo amo que se conecten con los míos, dime que me quieres, aunque sea mentira. Me encanta la forma en la que me haces sentir y a la vez me da miedo.

Dime que no soy la única que siente esto, dime que tu también sientes que te va a estallar el corazón con solo una mirada más.

A veces me encuentro buscándote con la mirada y me regaño porque me parezco una tonta, a veces me encuentro pensando en ti con una sonrisa en la cara, a veces me encuentro sintiendo mariposas cuando hablamos.

Necesito saber que sientes algo parecido, necesito saber si tu te encuentras pensando en mi nombre, necesito saber si tus suspiros llevan mi ser tallado en ellos, necesito saber si me quieres, si me amas.

Me haces sentir cosas que nunca he experimentado, ¿qué me has hecho? Te has adueñado de mis pensamientos y los has convertido en tu voz, en tu ser, ahora solo existes tú en mi cabeza, solo existes tú en mi corazón.

Dime que sientes lo mismo, que deseas probar mis labios, que deseas hacer mis sueños realidad, que me necesitas tanto como yo te necesito a ti, dime que me amas, dime que me adoras, dime que te encanto.

Necesito escuchar esas palabras saliendo de tu voz, necesito que me ames como yo te amo a ti.

Un vals con las estrellas

Estamos bailando juntas, las estrellas son testigos de cómo nos miramos, de cómo nos soñamos. Tu nombre es "Felicidad" y el mío es "Ansia" y creo que hacemos muy buena pareja, que estamos hechas la una para la otra.

Estamos bailando un vals junto a las estrellas, estamos escuchando la lluvia junto a nuestro amor por la otra, me encanta verte, me encanta hablarte, me encanta amarte. Me miras a lo lejos de la habitación, me sonríes y tu sonrisa me hace sentirme viva, te amo Felicidad mía.

Sé que no va a durar lo que sea que tengamos, que tu te mereces a alguien como "Amor", alguien que te haga sentirte viva.

Dime si soy egoísta por necesitarte, por no dejar que Amor te trate como mereces. He intentado cambiar, pero si lo hago sé que no querrás seguir bailando este vals, si lo hago buscaras a alguien mejor que yo, alguien como "Esperanza" o como Amor.

Soy Ansia, me merezco a alguien como "Intensidad" o como "Búsqueda" pero mi ser egoísta te aclama a ti, a mi querida Felicidad, creo que sí que soy egoísta.

Te pido solo un último vals antes de que me dejes por alguien mejor, te pido una última caricia, una última sonrisa antes de que yo me vaya con "Tristeza" y tú con alguien que mereces. Dedícame un último "te quiero", dame un último beso, dame un último abrazo que sé que disfrutaré y que en un futuro necesitaré.

Querida Felicidad mía, necesito bailar contigo por última vez y que las estrellas sean testigos de cómo nos amamos, de cómo nos anhelamos, de cómo nos miramos.

Sé que sin mí tu nombre perderá un poco de fuerza y que el mío cobrará más sentido, no quiero dejarte ir pero sé que es lo que te mereces, te mereces a alguien que te ame mucho más que yo, porque lo que siento yo es pasajero, es egoísmo, el egoísmo de no quererte compartir con nadie.

En un futuro yo también seré testigo de cómo amas a otra persona y de cómo tu nombre cobra mucha más fuerza, porque ansiaré a alguien más y tú ya serás feliz, y es justo lo que mereces, que tu nombre haga justicia a tus sentimientos, querida Felicidad mía.

Bailando entre las nubes

Es la hora de hacerlo, dentro de poco volveremos a encontrarnos, dentro de poco volveremos a mirarnos, dentro de poco volveremos a abrazarnos, tengo varias preguntas que hacerte, entre ellas las siguientes:

¿Por qué si me quieres dejas que el corazón se me rompa? ¿Por qué si me quieres no me miras a los ojos? ¿Por qué si me quieres actúas tan distante? ¿Acaso no se supone que cuando quieres a alguien lo proteges y cuidas hasta que el corazón te sangre?

Porque yo a ti sí que te quiero y no dejaría que te pasaran las cosas que tú dejas que me pasen a mí, porque yo no puedo evitar mirarte a los ojos y decirte que te amo, porque yo no puedo dejar de mirar tus hermosos ojos marrones, yo no puedo dejar que a ti el corazón te sangre.

¿He hecho algo mal? Si es así podrías habérmelo dicho y lo hubiera intentado cambiar, ¿es culpa mía que tu distancia me afecte tanto? Hace más de dos meses que no estás aquí, mirándome a los ojos. Hace más de dos meses que tus brazos no me sostienen, hace más de dos meses que yo ya no puedo mirar tus hermosos ojos marrones.

¿Por qué te fuiste a abrazar a esa constante sombra intensa? ¿Por qué has hecho que ya no pueda verte sin mirar a una lápida antes? ¿Por qué lo hiciste? ¿He hecho algo mal? ¿Por qué no vi las señales si eran evidentes?

Hace más de dos meses y sigo sin superar tu muerte, hace más de dos meses y ahora abrazaré yo a esa sombra, ahora podré volver a ver tus ojos marrones, ahora volveré a escuchar tu voz y podrás contestarme si hice algo mal.

La idea de volver a verte me aterra y me fascina a la vez. Estoy ansiosa por volver a tenerte frente a mi y escuchar tu voz, dulce, apacible.

Tendré que verme guapa para que cuando nos encontremos bailando sobre las nubes no pienses que he cambiado, para que cuando me veas me digas lo mucho que te hubiera encantado que estuviéramos los dos juntos, bailando sobre tierra firme.

Bailaremos toda la noche, como si nuestra vida dependiera de ello, bailaremos entre las nubes y no nos soltaremos por miedo a no volver a vernos, pero tendrás que esperarme un poco más hasta que podamos hacer nuestros sueños realidad.

El olor a lluvia

No sabría cómo describirle el olor a lluvia a alguien que no percibe los olores, pero sé cómo comenzaría. El olor a lluvia es aquella sensación de luz en una habitación oscura, el olor a lluvia es aquel abrazo cuando experimentas un cúmulo de emociones negativas, es aquellas tardes que te pasas al lado de tu ventana escuchando ese sonido musical mientras lees o ves una serie.

El olor a lluvia es esa sensación de comodidad, es esa paz en medio del bullicio y el silencio que se encuentra en el ruido, es ese suspiro que sueltas cuando haces algo que te gusta y sabes que lo estás disfrutando, es ese momento en el que estás viviendo algo y te obligas a disfrutarlo porque en un futuro solo será un recuerdo.

La lluvia es esas noches en las que miras al techo y te cuestionas tu vida entera, es esas tardes en las que sales con tus amigos y tu felicidad se une a la del bullicio de la gente, es esas mañanas de otoño en las que te tomas tu café con canela y cierras los ojos para saborearlo mejor.

Es esa sensación de tener un libro nuevo en tus manos o de comprarte un nuevo perfume que sabes que se convertirá en tu favorito, es mirarse en el espejo y amarse a uno mismo, es ese momento en el que escuchas por primera vez la que será tu canción preferida.

También es esa sensación de estar con la persona que más amas y sentirte bien, esa sensación de sentirte bien en tu propia piel, ese sentimiento de saber que estarás bien, es comer tu comida favorita después de haberla antojado por meses o beber tu café favorito cada mañana.

Tú eres mi olor a lluvia, eres esa sensación de comodidad, de paz en medio del bullicio, eres esas tardes en las que cuando salgo con mis amigos mi felicidad se une a la de la gente y eres esa sensación de tener un libro en mis manos.

Sé que estás aquí, junto a mí, a veces me pareces tan irreal, como sacado de un cuento de hadas o como si el mundo me entregara algo que merezco tras ese infierno por el que he pasado, me encanta mirarte y saber que tú también me ves como esa paz.

Creo que así describiría el olor a lluvia y si me preguntaran por una persona que me recuerda a ella, te nombraría a ti sin duda, porque tu me haces igual de feliz que ella, porque te quiero demasiado, al igual que amo el olor a lluvia, sobre todo si es en esas tardes de otoño.

Recogiendo conchas

Me acuerdo de aquellos veranos que pasaba recogiendo conchas en la playa, de esos veranos en los que no me importaba como me veía en un bikini o en los que no contaba calorías por miedo a engordar. Me acuerdo de esos veranos en los que fingía que era una sirena del mar y en los que me daba igual si a la gente le daba vergüenza ajena mi forma de nadar.

¿Por qué tuve que crecer? Ahora odio los veranos, la sensación de la arena entre los dedos de mis pies, el sol dándome todo el rato en la cara, odio cómo me veo en un bikini, odio como me veo cuando nado o cómo sonrío cuando mi prima no llega al fondo de la piscina y me pide ayuda.

Odio cómo el pelo se me encrespa y seca por la humedad, odio cómo me tapo con una toalla para que no critiquen mi cuerpo, odio cómo se me queman las mejillas y la nariz a pesar de echarme todo el rato crema solar, odio morirme de calor, odio el olor a sudor que frecuenta tanto en esa estación.

Antes amaba el verano, amaba esa sensación de tener vacaciones infinitas y reírme todo el rato, amaba dormir en casa de mi prima y al día siguiente ir a la piscina, amaba quemarme un poco las mejillas porque decía que así me veía mucho más bonita, amaba mis bikinis y la comida de mi madre.

¿Qué es lo que me pasó? ¿Por qué se perdió este amor por el verano en el camino? ¿Por qué dejé que las opiniones me arrebataran de mis cosas favoritas? ¿Acaso merezco no disfrutar el momento como aquellas dos palabras dicen: "Carpe Diem"? El verano nunca fue mi estación favorita pero tampoco la odiaba como hago ahora.

Odio odiar la playa y las miradas que me juzgan cuando lo digo, odio haber dejado que esas pequeñas cosas que antes disfrutaba ahora sean aborrecidas por mí, odio dejar que sus opiniones me hayan afectado tanto que ya no puedo encontrar lo bueno en el verano.

Amaba pasar esas tardes con el aire acondicionado puesto y viendo la serie favorita de mi prima mayor, amaba comer mi helado favorito y luego meterme de nuevo a la piscina, amaba dormir la siesta y despertarme desorientada, amaba usar el flotador que después irritaba mi piel.

Aún recuerdo cuando un azulejo roto de la piscina me hizo una herida en el talón y solo deseaba que la herida se curase para volver a nadar, aún recuerdo cómo hablaba con los socorristas y me reía de sus bromas, aún recuerdo que me encantaba que después de horas pasadas en la piscina se sintiera el agua aún en mi piel.

Dejé ir a esa niña que antes lo pasaba genial estando en la playa, a esa niña a la que las opiniones de la gente no le importaban, no tuve que dejarla ir, no tuve que empezar a sentirme mal por cada cosa que llevaba o por cada cosa que me importaba, no merecía que el corazón me quemase del dolor, no tuve que haber dejado ir a esa niña que nunca hizo nada malo, a esa niña que solo se divertía.

Tus ojos marrones

Tus ojos marrones hacen que el mundo se apiade de mis problemas, esos ojos que ya conozco como si fueran míos, ojos de los que me he aprendido cada cambio de tonalidad o cada sentimiento que transmiten, ojos que me han mirado tantas veces en la distancia y en la cercanía.

Ahora que estás tan cerca y a la vez tan lejos, ahora que me encuentro contando cada una de tus pecas, de tus pestañas, ahora que sé que tus abrazos se van a convertir en un simple recuerdo, que tus sonrisas solo vivirán en mi mente, deseo decirte lo mucho que te necesito junto a mí, lo mucho que necesito que tus brazos no dejen de abrazarme y que tus ojos no dejen de mirarme.

Me culpo a mí misma por no haber sabido apreciar todas esas veces en las que tus labios se curvaban en una sonrisa al verme o que tus palabras me hacían sentir en paz. Pero te prometo que si decides quedarte conmigo, si decides no irte, apreciaré esos pequeños gestos.

Nos quedan cuatro días hasta que solo nos veamos dos o tres veces al mes, hasta que me encuentre buscando tu sonrisa entre la de la gente o buscándote en otras personas, no sabes lo mucho que voy a echarte de menos cuando no estés junto a mí, lo mucho que voy a hablar de ti cuando no estés para llenar el vacío que vas a dejar al irte.

Sé que no es un adiós, que nos veremos de nuevo a diario dentro de dos años, pero eso no evita que sienta que cuando te vayas vas a llevarte contigo una parte que solo te he reservado a ti, me voy a llevar conmigo todas esas veces en las que hemos hablado de nuestros problemas, me llevaré conmigo la posibilidad de decir que he conocido a la mejor persona del mundo.

Te prometo que cuando volvamos a vernos te compraré las flores que no te regalé, que disfrutaré de cada segundo que pasemos o de cada conversación que tengamos, aún así no puedo prometerte que no lloraré cuando te vayas.

Esto no es un adiós, supongo que es un hasta pronto, hasta que el destino vuelva a juntarnos, echaré de menos tus ojos marrones que tantas emociones me han expresado y esa voz que tantos secretos me han contado, te daré un último abrazo y te diré lo mucho que te quiero.

Cuando se me olvide tu cara tendré que abrir la galería y mirar una foto tuya, pero si soy sincera, creo que nunca olvidaría tu cara, ni tus ojos marrones, ni tus abrazos o las risas que hemos compartido, hasta pronto.

Lagunas de dolor

A veces dejamos que sean las palabras las que expresen lo que nuestra alma siente, pero cuando lo que sientes es tan puro que no hay palabra alguna que pueda definir nada, amanecer que iguale la sensación, estrellas que brillen con ese sentimiento.

Deberíamos dejar de cortarles las alas a las palabras que deciden encarcelar a las emociones. Tú encerraste las mías, apagaste la luz de mi voz, rompiste el dibujo de mis pensamientos, amarte duele más que una herida abierta con sal sobre ella.

A veces deberíamos dejar ir a quienes daño nos hacen, pero el dolor que en mi corazón evocas hace que sienta que puedo tocar las estrellas, que puedo bailar entre ellas, que soy capaz de convertirme en una de ellas.

Mi voz se ha perdido tantas veces entre las lágrimas, lagunas de dolor y sufrimiento, sufrimiento causado por ti.

¿Acaso merezco esto?

Eres la lejanía del horizonte y la cercanía del aire, eres esa noche en la bañera con la mente dispuesta a imaginar, eres un cielo estrellado y una mañana luminosa, eres mi todo.

Me gustaría saber qué piensas cuando cierras los ojos, qué piensas cuando me ves, qué piensas por las noches, antes de irte a dormir, qué piensas por las mañanas cuando te acabas de despertar.

Por ti daría: cielo, tierra y mar. Al parecer no todos amamos de la misma forma, hoy hay una estrella más en el cielo, una estrella del amor, estrella que miraré cuando te eche de menos.

Abrázame

Abrázame hasta que se me olvide que vives en la otra punta del mundo, hasta que te sienta cerca de nuevo porque la lejanía en la que vivimos es una tortura.

Desearía ver tus ojos verdes de cerca una vez más, desearía poder sostenerte en mis brazos cuando estés llorando, que volemos entre las nubes mientras nos reímos de tonterías.

¿Te acuerdas de cuando cantábamos juntas en el patio? Duele saber que lo que vive junto a mí son los recuerdos de ti y no tú, necesito que me abraces hasta que se me olviden todos los contras en esta lista, hasta que pueda sentir tu colonia de nuevo cerca.

Esta sensación de tenerte lejos y a la vez cerca es agonizante, como meterse en una bañera con agua hirviendo, necesito verte todas las mañanas de nuevo, escuchar tu risa tan contagiosa, ver tus hoyuelos en persona en vez de a través de una cámara, cantar junto a ti...

Si tan solo pudieras volver aquí, junto a mí, estaríamos todo el día juntas, escuchando música, riéndonos por tonterías, llorando por nuestros problemas, bailando al son de la música.

Siento que estoy perdiéndome una gran parte de tu vida, no sé casi nada de ti, tú no sabes casi nada de mí, solo podemos saber de la otra mediante un par de palabras, mediante un intercambio de mensajes o una conversación por FaceTime.

Me duele saber que no volveremos a vernos a no ser que vuelvas aquí, a no ser que vuelvas a mí, también sé que no puedo obligarte a hacer algo que no puedes hacer o que, simplemente, no quieres hacer.

Cuando volvamos a vernos prometo no soltarte, reírme todo el rato y contarte mi vida, escuchar la tuya, cantar de nuevo, recuperar estos dos años en los que no has estado, estos dos años que tan extraños se han vuelto sin ti.

Cuando volvamos a vernos prometo no soltarte, reírme todo el rato y contarte mi vida, escuchar la tuya, cantar de nuevo, recuperar estos dos años en los que no has estado, estos dos años que tan extraños se han vuelto sin ti.

Pero aún así, aún teniendo en cuenta la distancia siempre serás mi persona favorita, siempre vivirás junto a mí, aunque sea en un recuerdo, gracias por todo, por amarme, porque hay veces en las que siento que no soy capaz de ser amada y te recuerdo.

La calma que apaga el fuego

Siempre he sido una persona que se dejaba influenciar por sus pensamientos, por sus sentimientos y por su intuición, una persona que no se paraba a decirse "puede que esto no sea así" porque a mí las inseguridades siempre me ganan.

Una vez hablé con alguien, alguien que escuchó mi voz, alguien que quería entender mis pensamientos enredados y poco a poco deshacer los nudos, alguien que quería poner un stop al sin fin de: "¿Y si fuera más...?"

"¿Y si fuera menos...?" "¿Y si fuera como...?"

Ese alguien era la calma que apaga al fuego, la calma que hay en las tardes de introspección en la que solo piensas en tus problemas, la calma de beber café por la mañana, la calma de ver un atardecer rosa, la calma de sentir calor nada más entrar a tu casa en invierno...

Lástima que ese alguien a mis espaldas era lo contrario, era el frío del que "me protegía" era un café sin azúcar, esas tardes en las que tus problemas te comen viva, esa persona a mis espaldas me hacía daño, no me quería como prometía hacer, no me admiraba como decía admirarme.

Al parecer ser buena no es lo mismo que ser suficiente, yo fui buena para esa persona pero nunca fui suficiente, porque cuando eres suficiente nadie te clava un puñal y te raja la espalda hasta que te desangres, cuando eres suficiente la gente te admira y sonríe, la gente te ama, esa persona no me amaba.

O puede que la calma que apaga un fuego simplemente fuera una ilusión, porque de tanto necesitar esa paz la busqué en alguien más en vez de seguir luchando por encontrarla, porque en vez de tener los pensamientos enredados y esperar a que alguien los desenrede por mí tuve que desenredarlos, con ayuda, por mi cuenta.

Apoyarse sobre una ilusión de una pared no es lo mismo que apoyarse sobre la pared, yo intenté mejorar mientras que tú no cambiaste ni lo que te comenté que me molestaba, mientras que tú no cambiaste las actitudes tóxicas que tienes yo cambié hasta mi forma de pensar para agradarte más, yo esperaba que no fueras una ilusión pero acabaste siéndolo.

Estoy condenada a repetir siempre la misma historia, confío en ti, te entrego mi alma y dedicación, algo comienza a fallar y te pierdo. Es siempre así ¿No? Al menos en mi caso sí que lo es. Esperaba que contigo, con ese alguien, fuera diferente, pero diferente no es mejor y tú me demostraste eso.

La hija de la luna

La hija de la luna siempre buscaba al hijo del sol pero nunca le vio, ella salía por las noches, desvelándose para ver si podía encontrarse con su gran amor.

Pero la hija de la luna no sabía que él hijo del sol también la buscaba, por las mañanas, cuando el mundo estaba un poco más iluminado y la búsqueda no sería tan difícil, cuando las calles estaban llenas de caras y voces, esperando que entre esas caras su amada estuviera.

Ambos buscaban y buscaban, solo se encontraban una vez cada año y medio pero aún así no se tocaban porque aunque se veían no podían abrazarse, no podían demostrar el afecto que se tenían el uno al otro.

La hija de la luna se sentaba sobre las nubes y lágrimas caían por sus mejillas, las nubes, al ver su sufrimiento lloraban con ella, varias veces las nubes sostuvieron a esa persona que ahora lloraba con la garganta desgarrada.

Ambos, hijo del sol e hija de la luna, se amaban pero no se podían amar debido a la diferencia de sus horas, ambos estaban condenados a repetir la historia que sus padres ya vivieron una vez, la luna se casó con una estrella y el sol con una nube, ambos rindiéndose después de estar milenios y milenios intentando verse de nuevo.

El hijo del sol tenía miedo de que también viviera esa situación, fue corriendo con lágrimas ardientes sobre sus mejillas a hablar con su padre "conviérteme en estrella, así ella me podrá tener" le suplicaba de rodillas, el sol, viendo cómo su hijo sufría, su sueño cumplió.

Pero nada fue como él esperaba, la hija de la luna no le reconoció como una estrella y, dolida, pues pensaba que su amado se cansó de buscarla, fue a hablar con su madre "conviérteme en una nube" le suplicaba en un último aliento.

El hijo del sol todo escuchó, pero no podía decirle a su amada quien era, la hija de la luna se convirtió en nube y la historia volvía a repetirse, ambos acabaron dándose cuenta de que estaban condenados a no cambiar el destino que la naturaleza les otorgó.

Ambos volvieron a ser el hijo del sol y la hija de la luna y no volvieron a buscarse, la hija de la luna se casó con una estrella y el hijo del sol se casó con una nube, repitiendo el camino que sus padres tomaron, pero aún se pensaban en secreto y, aunque nunca lo admitirían en voz alta, se seguían buscando.

Los colores

Los colores se vuelven grises, la luz se convierte en oscuridad, el sonido se vuelve silencioso, la comodidad se convierte en incomodidad, la felicidad en tristeza.

Le grité varias veces a mi destino que no me deje morir, le grité a la tristeza que no la necesito, le grité al silencio que me gustaba más cuando hablaba, le grité al sol que yo quería estar junto a la luna, le grité al calor que yo prefiero el frío.

Mi voz se ha visto apagada por un fantasma que me atormenta, mis ojos han sido cegados por una luz mucho más siniestra de lo que podrías pensar, mis orejas fueron taponadas por voces cuyas palabras hacían que el corazón me sangrara, mi corazón fue arrebatado por una persona que lo veía como un juguete.

Lo que más me duele es haber perdido mi voz tras haberla conectado tantas veces con mi alma, ¿es normal sentirme vacía? No sé si es que estoy vacía o ya no sé ponerle voz a lo que siento, no sé siquiera si podré recuperar lo que una vez reconocía como emociones o si siguen existiendo y simplemente no sé verlas.

Tus ojos se vuelven como puñales mientras que mis brazos se convierten en fuego, tu sonrisa se convierte en dolor mientras que la mía se convierte en paz, al parecer eres tú quien decide dejarme sola, quién convirtió esta situación en algo que se rompió.

Necesito tener la seguridad de que pronto mis ojos captarán los colores, de que la oscuridad desaparecerá para darle paso a la luz, de que silencio desaparecerá para hacerle camino a un poco de ruido, de que podré sentirme cómoda de nuevo, de que mi tristeza desaparecerá y la felicidad volverá...

Creo que solo necesito un poco de amor, que me miren a los ojos y en ellos vean el cielo estrellado, qué escuchen mi voz y para esa persona sea música o que mi cuerpo se vuelva en un monumento, que mis abrazos se conviertan en una necesidad, necesito que me amen para saber qué puedo ser amada.

También creo que necesito amarme a mi misma, que necesito poder mirarme al espejo sin querer romper lo que veo, que necesito soportar mi voz o amar como se ven mis ojos en vez de maquillarlos para resaltar el verde de estos.

Al fin y al cabo estoy segura de que el color volverá a mí, de que todo mejorará, porque tras haber comenzado a amarme poco a poco el color está comenzando a aparecer, poco, pero está allí.

Te has adueñado de mí

Respiro el mismo aire que tú pero no puedo vivir sin la sensación de que respiro el aire que tú estás respirando, no puedo vivir sin la sensación de tu ser.

Te has quedado impregnado en mi ser como si fueras otra parte de mí, eres lo mejor que me ha pasado, eres la felicidad de mis días, eres la compañía en la soledad.

Te necesito cada segundo de mi vida, necesito tus besos, tus abrazos, escuchar tu voz y las palabras que acompañan a esta, necesito ver tus ojos, oler tu fragancia, escuchar tu risa, sentir tu piel sobre la mía.

Te has adueñado de mí como una persona se adueña de su nombre, como una persona se adueña de su mascota o se adueña de su voz, te has adueñado de mí y sé que no me vas a dejar ir y también sé que no quiero que me dejes ir.

Tu voz puede brindarle felicidad a todo mi día, tu risa es música para mi alma, tus ojos son el portal de mi alma, tu olor se ha quedado en mi ropa, tu tacto se ha convertido en mi necesidad.

Podría ser que solo seas una ilusión, que en verdad tú solo me veas como un pasatiempo solo que en vez de ser un libro soy una persona, puede que solo me quieras para ser feliz porque sabes que es lo único que quiero, hacerte feliz.

Necesito saber si tú también sientes que te falta el aire cuando no estoy contigo, si sientes que me necesitas a tu lado, si necesitas mi tacto como yo necesito el tuyo, si me deseas como yo te deseo.

Porque si no me amas me costará tanto dejar de amarte, me costará tanto dejarte ir, no puedo vivir sin tu ser, no puedo vivir sin despertarme a tu lado, no puedo vivir sin escuchar tus comentarios cuando hago cualquier tontería.

Pero si me amas quiero que sepas que voy a seguir amándote hasta que me consumas, hasta que nuestro amor se acabe, aunque por mi parte no será así, te amaré hasta que el sol se quede sin luz, hasta que las estrellas ya no existan, hasta que la luna no sea tan bella.

Ámame, necesito que me ames, necesito que me pienses, necesito que me desees, necesito que me necesites, te necesito a ti, necesito sentirme amada por ti, necesito seguir respirando el mismo aire que tú respiras.

Un concierto con los pájaros

Creo que mi alma rota va a recuperarse, creo firmemente que conseguiré seguir adelante, que podré luchar por mí y no por una idea de mí, creo que los pedazos de mi corazón podrán ser conectados de nuevo.

Estoy sobre las nubes, cantando junto a los pájaros, estoy sobre mi cama, hablando con la luna, estoy sentada en el parque, escuchando cientos de voces, estoy entre las estrellas, brillando con ellas, estoy junto a la ventana, escribiendo mis sentimientos.

Creo que debería comenzar a aprender a vivir y no a sobrevivir, debería empezar a disfrutar de mi vida y no sentirme mal por cada cosa que haga, "debería" una palabra, una situación hipotética, algo que podría pasar pero que no pasa, algo que mis dedos podrían tocar pero que no sienten.

Una vez me dijeron que tendría que dejar de ser tan negativa, que tenía que disfrutar de mis días y no desear que en algún futuro pueda disfrutarlos, puede que tengan razón, puede que tenga que cambiar mi forma de ver al mundo.

Mi forma venenosa de ver al mundo que fue afectada por miles de palabras esclavas del ansia por dañar, tantas veces he estado llorando por el dolor de esas palabras, palabras indignas de mi desgracia.

Me quedan unos años de vida, nadie sabe cuántos, puede que muera mañana porque me han atropellado en la calle o puede que muera dentro de setenta años por vejez, puede que muera dentro de veinte años por una enfermedad.

No sé cómo me hace sentir saber que la muerte está siempre esperándome, no le temo a la muerte, le temo a lo que podría venir por su culpa, la de conciencias que dejaría atormentadas, la de corazones que rompería, la de voces que agrietaría.

Puede que sea algo bastante agrio pensar de esta forma sobre la muerte y más si tengo en cuenta que necesito que mi alma envenenada comience a sanar, pero creo que también es agrio no hablar sobre esto y fingir que mis días son eternos porque si quiero comenzar a vivir tener a la muerte en cuenta siempre es algo que debería pasar.

Puede que la vida esté jugando conmigo, puede que esta vez sea yo la que vaya a jugar, que esta vez no deje que las paredes me atrapen, que las palabras me maten, que las mentes me olviden, que las voces no me nombran.

No me olvides

Mi mayor miedo siempre ha sido que mi ser se desvanezca de la memoria de otra gente, que mi voz se disipe entre las paredes de un pasado, que mis ojos se cierren sin ser recordados en un futuro.

No le temo a la muerte, sé que es algo que va a suceder por mucho que se intente evitar, en algún futuro moriré, pero lo que a mí me da miedo es que cuando me muera mi ser también muera en la cabeza de otra gente, que mi nombre se apague y no vuelva a existir una mención a este.

He luchado tantas veces por no ser olvidada, mi voz intenta hacer eco de mis pensamientos podridos, mis textos son simplemente parte de esa voz que está rota por el fantasma del pasado, intento ser inolvidable, que el mundo me recuerde y se haga eco de mi ser, de mis pensamientos y de mi voz.

Siempre se ha dicho que cuando alguien fallece o va al cielo o al infierno, no le temo a mi destino pero quisiera saber qué me depara cuando ya no esté, nunca he creído en un dios, siempre he creído que al morir nos convertimos en ceniza o en comida para insectos, que es como estar dormido pero sin respirar.

Quiero saber si tras morir voy a seguir viva en la mente de otra gente, necesito que la respuesta sea afirmativa, no puedo morir sin haber conseguido nada importante, no puedo morir sin haber aportado algo más que dinero a esta sociedad podrida.

Tan solo soy una mujer joven con muchos sueños, sueños que se lanzarán a volar cuando los suelte, sueños que me mantienen presa a la realidad, sueños que me mantienen viva, soy solo una mujer que quiere ser recordada.

Necesito mantenerme viva aún estando muerta porque me pasé muerta en vida varios meses, porque sentía que si moría nadie me recordaría y eso no me aterraba, pero ahora no puedo morir, no puedo morir sin haber viajado a varios países, sin haber escuchado las canciones nuevas de mis artistas favoritos, sin haber ido a conciertos, sin haber conseguido que mis sueños sean una realidad.

Puede que sí que le tema a la muerte o puede que solo quiera luchar contra lo que una vez ansiaba, puede que solo necesite entender que la muerte es inevitable y eso significa que la muerte de lo que mi ser es también lo sea, puede que esto solo sea una paranoia mía y que nada de esto sea importante. Puede, algo que no es cierto pero tampoco incierto, algo que no se sabe si es posible o imposible, puede...

¿Acaso es mi culpa?

Mi mirada vuelve a encontrarse con mis defectos a través del espejo, asco, negación, incredulidad, decepción, dolor... Tantas emociones negativas evocadas por la imagen que me encuentro frente a mí, tras un cuerpo que en otra persona estas emociones no serían evocadas.

Seis palabras "No soy capaz de ser amada" no me veo capaz de que me miren con deseo, que me amen, no soy una persona que merezca ser amada, no merezco amor por mucho que haya voces externas que me confirmen que soy digna de este.

Miro a las nubes, soledad en medio de una muchedumbre, el mar, cotidianeidad, todo es tan plano, nada que no haya visto ya, bueno, aún no he visto a alguien que me ame por lo que soy, nadie que me ame de esa forma, en general.

Unos ojos que no me miran, unas palabras que no me mencionan, un suspiro que no me vislumbra, un corazón que no me ama, un cerebro que no me piensa, nunca me han amado de forma correspondida.

¿Acaso no soy lo suficientemente bella? ¿Acaso no soy lo suficientemente graciosa? ¿Acaso no soy lo suficientemente inteligente? ¿Acaso no soy lo suficientemente comprensiva? ¿Acaso es mi culpa? Cambiaría lo que sea por un poco de amor.

Amor, algo que suena tan lejano, una cosa que suena como imposible, al menos para mí, ¿Es el amor doloroso? Si es así entonces creo que no quiero sentirlo, bueno, no engaño a nadie, necesito sentir amor, necesito sentirme amada.

Estoy sentada con mi café en la mano, una pareja besándose, un grupo de amigas riéndose, un padre jugando con su hija, una chica mirándose en el reflejo del escaparate con una sonrisa, miles de pensamientos me vienen con aquellas imágenes.

¿Por qué yo no? ¿Por qué a mí nunca me han mirado como esa persona miró a su pareja antes de besarla? ¿Por qué la mayoría de mis amigos han acabado traicionándome o dejándome? ¿Por qué yo no me puedo mirar en un reflejo y amarme? ¿Por qué? Miles de preguntas que no tienen respuesta definida.

Cada vez pienso más en que me acabaré quedando sola con mi café y mi hermana estará casada, pienso más en que nunca me amaré, en que me costará comenzar a hacerlo si decido que es hora de ello, en que si tendría pareja acabaría siendo abandonada o traicionada.

Creo que sí que es mi culpa, no por nada se dice que atraemos lo que pensamos, creo que debería comenzar a pensar en un futuro lleno de felicidad y amor, en que me pueden amar... Pero me es imposible tras escuchar por años que no soy capaz de ser amada, de ser deseada.

El último trazo de un cuadro

Me preguntaste las razones por las que te quería, supongo que no soy la única que tiene inseguridades y que tu necesitas que te lo digan a ti también, no sabría ni por dónde empezar a describir las razones por las que te quiero.

Te quiero porque me miras como si no fuera tan frágil, como si me vieras a mí y no a mi pasado, te quiero porque me encanta tu fragancia, te quiero por tu sonrisa, te quiero por la forma en la que me abrazas y no me dejas caer, te quiero porque me escuchas, te quiero porque me quieres tal y como soy.

No puedo evitar desear mirarte, eres como un imán para mis ojos, tus caricias son una necesidad, tus labios son mi meta, tus ojos son mi paz, tu voz mi música, tus manos mi sustento, tus besos mi sueño, tu amor mi deseo, tu sonrisa mi alegría, tus llantos mi dolor, tu risa la mía.

Eres la primera frase de un buen libro, el último trazo de un cuadro, el dolor que hay tras un poema, el amor que hay tras las palabras dedicadas a una amiga, la nostalgia que hay en una canción, eres el arte que mueve al artista, eres arte, el arte que inspira a esta artista.

Porto en mí tanto amor que necesito expresarte, necesito besarte, necesito acariciarte, necesito tocarte, necesito abrazarte, necesito estar contigo cuando sientas que vas a caer, necesito ayudarte, necesito escribirte, necesito mirarte, te necesito a ti.

A veces las palabras no son suficientes para describir lo que sentimos y contigo las palabras se quedan cortas, contigo ni el diccionario es capaz de describir mi amor, contigo la luna se queda corta, contigo las estrellas pierden brillo, contigo el viento no se siente.

Así que si sigues preguntándote por qué te quiero, quiero que tengas en cuenta todo esto, quiero que tengas en cuenta que para mí tu ser es mi musa, tu ser es la luz que hay en la oscuridad o el silencio que se encuentra en el ruido, eres tan especial que las palabras se quedan atascadas en mi garganta cuando hablo de ti.

Una estrella que permanecerá estrella

Volverás a brillar, confía en mí, ahora puede que la oscuridad se apodere de todo, pero recuerda que siempre hay luz en una habitación oscura, aunque sea un poco, volverás a brillar y lo harás con más fuerza que nunca, brillarás tanto que nunca necesitarás volver a buscar tu luz.

Las estrellas cuando mueren se apagan lentamente hasta convertirse en una enana blanca, tú eres una estrella, te estás apagando poco a poco pero no vas a morir, porque al contrario de las estrellas tú estás hecha para brillar, estás hecha para iluminar tu alrededor, estás hecha para seguir brillando.

Dame la mano y juntas caminaremos en la oscuridad hasta que mi luz se junte a la tuya y sepas que puedes brillar, caminaremos hasta que las estrellas dejen de morir, caminaremos hasta que la luna pierda para siempre su paz o hasta que el sol deje de iluminar los días.

Cierra los ojos y deja que el dolor que sientes se disipe y se convierta en arte, como un árbol que está creciendo, deja que tus miedos se conviertan en fortalezas, que tu alma se libre del odio y el mal que te han enviado, deja que te abrace hasta que sepas que no estás sola.

Nos sentaremos bajo la copa de un árbol y hablaremos hasta que sientas que estás volviendo a brillar, que la luz existe, hablaremos hasta que esas lágrimas se conviertan en risas y hablaremos hasta que tus preocupaciones se queden en el pasado.

No voy a dejar que te apagues, no voy a dejar que esa oscuridad no vea la luz, no voy a dejarte sola, no voy a dejar que te odies, no voy a dejar que te caigas, eres una estrella y tienes que permanecer en el cielo, inalcanzable, bella, brillante, luminosa.

Una estrella que permanecerá estrella, la luna está orgullosa de ti, el sol brilla para que tu no te quedes sin luz, los árboles pierden de a poquito sus hojas para que tu no te pierdas entre ellas, las nubes están arriba admirando tu belleza, yo estoy a tu lado abrazándote para que no caigas.

La luz siempre está en tu interior, vas a volver a brillar y cuando lo hagas ese brillo será tu mayor poder, no olvides que en la oscuridad siempre se encuentra la luz y que nada es eterno, ni ese vacío que sientes, ni esa sensación de no poder levantarte de la cama, ni la sombra que se oculta en tu pecho, nada es eterno pero la luz que tienes siempre estará allí.

El verdadero color del mundo

Con el pasar de los años los días se han vuelto tristes y solitarios, cuando llueve el ambiente está serio, apagado y a pesar de que me encanta la lluvia no puedo evitar admitir que los días de lluvia ya no son divertidos, ahora son reflexivos, ahora esos días los uso como inspiración para escribir.

Puede que esa oscuridad que acompaña a los días de otoño pueda ser notada ahora que he crecido, ahora que el mundo ya no me sonríe, ahora que el mundo me ha mostrado sus verdaderos colores, colores que de pequeña eran neones pero ahora se han vuelto apagados.

Cierro los ojos y la sensación de soledad se instala en mi pecho, una sensación que aparece en tardes como esta cuando el cielo está lleno de nubes oscuras y las calles se hacen más pequeñas, cuando las risas de los niños se ven sustituidas por los llantos de adolescentes y padres, cuando sustituyes un cola cao por un café o cuando tus mayores preocupaciones ya no es el que tu falda se haya roto sino el cómo te queda esa falda.

El mundo es cruel cuando creces, de pequeña siempre deseé tener mi edad actual y ser una adolescente con amigas, pero ahora que tengo mi edad estoy tan cansada de la crueldad que he visto al cabo de los años y solo deseo volver a ser pequeña y ver el mundo de nuevo con esos tonos neón.

Es como si mientras vas creciendo tus padres ya no luchan para que el mundo siga brillando con esos colores, como si la lluvia en vez de ser algo infantil haya crecido junto a ti y sea tu confort en esos días de soledad.

La música también ha madurado pues en vez de escuchar nanas o canciones de niños pequeños comienzas a escuchar los sentimientos de otra persona, desamor, deseo, amor, tristeza, soledad, amistad, sentimientos expresados con acordes y letras expresadas a través de metáforas.

Los libros han madurado, ya no leo cuentos de princesas, ahora leo como una persona ha sufrido, leo una historia de amor que nunca me sucederá y escribo mis sufrimientos basados en metáforas, metáforas que solo aquellos con la suficiente edad mental entenderán.

No sabía que cuando crecías el mundo se volvía gris, que las canciones se volvían formas de expresar tus sentimientos y que la temática de tus libros reflejaba tanto dolor, cuando era pequeña pensaba que todo seguiría igual pero ya no soy una niña y ahora sé que solo veía el futuro con los ojos de un niño emocionado por vivir, con los ojos de un niño con esperanzas en la humanidad.

Desearía poder evitar que el tiempo hubiera cambiado mis pensamientos, desearía el seguir pensando que el mundo tiene varios colores, desearía el poder volver a cuando era feliz y la tristeza solo se daba cuando me robaban el juguete, pero al parecer el tiempo se me escapa de entre los dedos junto a esa forma tan pura de ver el mundo que una vez tuve.

¿Quién soy?

Ya no sé quién soy, siempre he querido creer que soy buena persona, un ángel en un mundo lleno de demonios, una persona de alma pura, una persona que iría al cielo si Dios existiera, una persona que todo el mundo ama, una persona amable, siempre he querido creer que soy esa persona.

Pero últimamente hay una sombra que está apoderándose de mí, ya no sé si soy una buena persona, he cometido varios pecados, entre ellos está el amar, he hablado mal a las personas que me dañaban, he buscado mi propio placer, he sido egoísta, he cometido varios errores.

No sé quién soy, me miro al espejo y me llega esa preocupación de pensar que estoy dañando a la gente con mis palabras sin saberlo o de que no soy tan buena como un día prometí ser, que no me merezco que la gente me diga que soy inocente.

Inocencia, algo que perdí, mejor dicho... Algo que me fue arrebatado, unas garras largas y frías que la tomaron en sus manos y me abrieron los ojos, que me hicieron ver la realidad con otros colores, esa inocencia que tiene un niño me fue arrebatada nada más cumplir los doce años.

A los doce años comencé a pensar en la muerte, comencé a preguntarme si mi muerte sería trágica, a los doce comencé a desear la muerte, a los doce mi felicidad desapareció, a los doce la vida no tenía sentido, a los doce mi existencia no tenía sentido.

Ya no hay inocencia alguna en mi ser, ya no soy pura pero no puedo decir que he sido mala, no soy una persona a la que le guste dañar a la gente, una persona que haya arruinado una vida, ya no soy una niña pero eso no quiere decir que sea un monstruo.

Pero aún así sigo preguntándome si soy buena persona, porque he hablado mal a la gente, me enamoré de una mujer, he buscado mi propio placer, he sido egoísta, he buscado dañar a alguien que me rompió en pedazos con mis palabras, he fantaseado con una vida llena de caprichos, no he sido una santa.

¿Soy mala persona? Ese es uno de mis mayores miedos, encontrarme a mí misma disfrutando del dolor de los demás, encontrarme sonriendo por mi crueldad, pero sé que nunca haría daño a alguien por voluntad propia, que no quiero ser mala.

El agua del pozo

Quisiera convencerte de que todo va a estar bien, de que vas a salir del pozo en el que te encuentras, de que vas a respirar por fin, que vas a dejar de lado esos pensamientos que te vienen por las noches, aunque últimamente han aparecido de día también, esos pensamientos que quieren matarte... Pero sé que no me crees.

No me crees cuando te digo que eres suficiente, no me crees cuando te digo que te quiero, no me crees cuando te digo que eres fuerte, no me crees cuando te digo que vas a salir de esto, no me crees porque tu mente impide que te sientas así, porque tu mente cree que te estoy mintiendo solo porque tenemos un vínculo.

Yo tampoco creía a mis primas cuando decían que era fuerte, a mi hermana cuando me dijo que era suficiente y que saldría de todo, a mis amigas que me decían lo mucho que me querían, no las creía porque pensaba que lo decían por pena, para no herirme e intente acabar con mi vida.

Pero ahora sé que soy válida, suficiente, fuerte, sé que merezco amor y que tú también lo mereces, mereces ser feliz, mereces amor, mereces saber que eres suficiente, que eres fuerte, que tienes valor.

Necesito que sepas que estaré junto a ti para que cuando caigas porque tus rodillas son débiles tengas un soporte, estaré junto a ti para que cuando vuelvas a brillar sepas que nunca has estado sola, nunca te dejaré sola porque las estrellas están rodeadas de otras estrellas, tú eres una estrella.

Pero aún así, aunque yo te tenga una alta estima y te vea hermosa sé que tú sigues pensando que es por pena, que no te quiero, que solo te lo digo por pena, quisiera convencerte de que todo va a estar bien, de que vas a salir del pozo en el que te encuentras, pero no puedo hacerlo si me miras como si de un segundo a otro vas a dejar que el agua del pozo te ahogue.

Hoy ha llovido

Hoy ha llovido y entre las gotas del agua te he visto a ti, tan lleno de vida, he visto las risas que compartías conmigo, he visto las conversaciones que hemos compartido, te he visto a ti, cuando estabas aún con vida, cuando no eras un recuerdo que la lluvia portaba.

Hoy ha llovido y me acuerdo de cuando te vi en el ataúd, tan bello, tus ojos cerrados y la curva de tu sonrisa que tantas veces había visto, con lágrimas en los ojos fui a dedicarte un discurso, un discurso que llevaba mi alma dentro.

"Hoy el cielo tiene una estrella más" dije sabiendo que yo necesitaba que esa estrella que se fue se quedase conmigo, me obligué a fingir que no me dolía expresar mi dolor en alto, expresar mis sentimientos en alto.

No puedo seguir adelante sin ti y menos en noches como esta, cuando está lloviendo y la oscuridad se mezcla con mis penas, noches en las que solo deseo unirme a ti de nuevo y ser otra más de esas estrellas, noches en las que pienso que tuve que ser yo quién tenía que morir.

Me acuerdo de cuando te dije que no quería que te fueras de mi lado, cuando te dije eso yo pensaba en una traición o un abandono, no en el día en el que de verdad te fueras de mi lado, el día en el que un abrazo tuyo no podría volver a ser dado, el día en el que no podría mirarte y decirte que te amo.

Hoy ha llovido y solo sé que te necesito, necesito otro abrazo tuyo, necesito escucharte de nuevo, necesito verte de nuevo, hoy solo sé que no sé cómo seguir adelante sin ti, sólo sé que necesito escucharte decir que estaré bien.

Hoy ha llovido y te he vuelto a ver, hoy ha llovido y sé que estaré bien, hoy ha llovido y sé que te necesito aún más que ayer, hoy te necesito y sé que siempre te querré, incluso aunque estés brillando junto a otras estrellas que te estarán cuidando, a tu memoria siempre le seré fiel, hoy ha llovido y solo sé que siempre te necesitaré.

Un rosa marchita

Solo el amor con amor se paga, pero ¿qué es aquello a lo que denominamos amor? ¿Es algo palpable? ¿Es algo visible? ¿Qué es el amor del que tanto hablan? ¿Es el amor triste? ¿Es bello el amor? ¿Es... intrigante? ¿He amado a alguien alguna vez?

Un bolígrafo en mano, es de noche, estoy sentada en el balcón escuchando algunos coches ir y venir, está lloviendo, miro la hoja en blanco, una carta... de amor, se la estoy escribiendo a alguien que me hace brillar, a alguien que me hace feliz.

Miro las flores marchitas en el jarrón, si tan solo las hubiera amado más no estarían así, no sé si soy capaz de amar, no sé si soy capaz de ser amada, no sé nada pero a la vez sé que necesito que me amen y que necesito amar, necesito terminar esta carta.

"Solo el amor con amor se paga" yo he amado a mucha gente, o al menos según la definición de esta palabra lo he hecho, pero a mi no me han devuelto ese amor, ese amor que tanto deseo, el amor no se paga con amor, mi amor no se paga con amor.

Temo convertirme en las flores marchitas sobre el escritorio, temo que no me ames lo suficiente, que no me ames como yo te amo a ti, temo no ser lo que quieres, temo no ser lo que necesitas, que me dejes marchitar como yo dejé marchitar esas flores.

Y me obligo a no soñarte porque sé que en un futuro dejarás de amarme, porque sé que sea lo que sea que pase tu amor es como una rosa, duradero pero que acabará marchitando, me obligo a no soñarte porque mi amor es infinito y el mío no acabará marchando.

Mi amor infinito es como el arte portado en un cuadro, un cuadro que seguirá vivo por millones de siglos, un amor que no quiero darte por miedo a que el cuadro en vez de ser bello se convierta en un cuadro apesadumbrado y melancólico.

La oscuridad en la distancia

La oscuridad en la distancia vuelve a dictar el camino del sol, hace días que la luz en este ser ha desaparecido, todos están atemorizados: nubes, luna, estrellas, mar, árboles...

"Sol ¿qué te tiene tan desganado?", la luna preguntó sentándose a su lado, el sol con lágrimas en los ojos miró a la luna, algo le decía que con ella estaba bien.

"No me quedan fuerzas para brillar, la oscuridad ha dictado mi camino" pronuncia, la luna asiente comprensivamente, el silencio es un poco tenso pues la luna no sabe qué decir o qué hacer en este tipo de situaciones.

"No tienes que forzar la luz" le dice la luna "tú brillas siempre" añade, aún incómoda, lo de expresar sus sentimientos no se le da muy bien.

"No es eso... Creo que he olvidado cómo ser feliz" contesta el sol avergonzado, la luna asiente, ella se siente igual, pero escucharlo en las palabras del sol dolía aún más porque lo hacía real.

"Yo también lo he olvidado" sentencia tras posar su cabeza sobre el hombro de su amigo "solo sé que estaremos bien" añade viendo las lágrimas en sus propios ojos en el reflejo del lago.

Y aunque luna y sol no recuerdan la manera de poder volver a brillar ambos siguen haciéndolo, solo que no son capaces de ver su propia luz, se ven opacados por una oscuridad que no les representa.

Ambos, luna y sol, saben que estarán bien, se miran en la distancia para evitar que el otro vuelva a caer aunque eso signifique el perderse a sí mismos para salvar al otro, se supone que eso es lo que hacen los amigos.

El sol poco a poco vuelve a brillar, ambos están orgullosos de esto pero la luna sigue sumida en la oscuridad, sabe que ella no podrá salir de ello tan fácilmente, que está condenada a reflejar el brillo de las estrellas a su alrededor.

La luna sabe que no volverá a brillar, sabe que si lo hace no querrá seguir haciéndolo porque de una forma u otra encuentra confort en la oscuridad y en la soledad, algo que el sol nunca entenderá pues este siempre ha estado acostumbrado a un entorno lleno de gente, un entorno feliz, un entorno que la luna en un pasado añoraba pero que ahora odiaría.

.

El hilo rojo

Dice la leyenda que hay un hilo rojo que nos une a nuestra alma gemela, no tiene que ser necesariamente una pareja, puede ser un amigo o un familiar, hay algunas personas que encuentran a la otra mitad de su hilo rojo cuando son muy jóvenes, otros ya cuando son mayores, pero siempre la encuentran, eso es lo que dice la leyenda.

Entonces te conocí y me di cuenta de que eres mi hilo rojo y el mundo quiso que nos conociéramos como regalo por el sufrimiento del pasado, tú eres el regalo más bello que me ha sido otorgado, eres sin duda la luz de mis días, la luz de mi vida y espero sinceramente que ese hilo rojo siga ahí hasta que me acueste en mi lecho de muerte.

Yo creo firmemente que siempre ha habido un hilo rojo que nos une, un hilo rojo que, aunque tuvimos que buscar por mucho tiempo, fue puesto allí por el destino, ese hilo rojo, el que me une a ti, es la prueba de que hay personas hechas para amarse.

Eres la mejor amiga que cualquiera podría desear y ese hilo rojo que me hizo encontrarte fue de las mejores cosas que me podían pasar, porque una persona como tú es muy difícil de encontrar, entonces solo necesito que sepas que siempre te querré, hasta que ese hilo rojo pierda su color, hasta que la luz de las mañanas no vuelva a aparecer o la belleza en la naturaleza no vuelva a pasar.

Eres la prueba de que un alma gemela no es necesariamente una pareja y la prueba de que la familia no siempre es de sangre, siempre vas a tener un puesto en mi corazón, siempre vas a ser una de mis personas favoritas, de las personas que más me inspiran, de las personas que más feliz me hacen.

Le agradezco al mundo por ponerme a la persona al otro extremo de este hilo rojo hoy frente a mí, una persona mucho mejor de lo que cualquiera podría desear o imaginar, una persona merecedora de la luna y las estrellas porque brilla tanto como ellas, una persona que es imposible no amar, una persona bella y buena, una persona de la que siempre estaré orgullosa incluso aunque algo nos pueda pasar.

La oscuridad en las estrellas

¿Qué pasa cuando el amor se convierte en una rutina? ¿Puede pasar el amor a ser una obligación o un deber?

¿Acaso es posible que esto suceda? ¿Acaso es posible que después de tanto amor este se convierta en una obligación y no en una elección?

La efímera paz que otorga este sentimiento, esa falsa calma mezclada con el nerviosismo de las primeras veces, el primer abrazo, el primer cumplido, el primer beso, el primer roce, momentos grabados en la memoria del alma, momentos perecederos que debes disfrutar pues la oscuridad en las estrellas pronto lo arrebatarán.

Ojos brillantes como perlas, alma oscura como la noche, dos almas fundiéndose en la pasión de este roce, dos estrellas fusionadas en la paz de su amor por el otro, dos personas mirándose mutuamente con el corazón a mil.

Un día como tantos otros esa pasión y ese amor pasan a ser una rutina, ambas personas mirándose solo que esta vez sus corazones palpitan como solían hacer antes de estar enamorados, pero no quieren dejar de amarse mutuamente, ambos ocultándole al otro que ya no sienten lo mismo, ocultando que el amor solo ha quedado en cariño, probablemente en solo admiración.

El cariño acaba pasando a ser odio en algún momento ¿por qué si una vez esas personas se amaron no pueden verse? ¿Es la rutina lo que ha arrastrado este cariño y esta admiración a las garras del odio? ¿Por qué dejamos de amar a la gente si se supone que el amor no tiene fin? ¿No me amabas infinitamente? ¿Por qué ahora me odias?

¿Qué he hecho mal?

Un último adiós entremezclado con llantos y gritos, dos personas soltándose veneno mutuamente a través de las palabras, dos personas que una vez se amaban comenzando a odiarse, de alguna manera dos personas que antes se consideraban almas gemelas ahora se consideran desconocidos.

Plata

Soy una persona que ama la plata, toda mi joyería es de plata, mi vida entera sería reducida a la plata, siempre la segunda preferida, nunca la primera elegida.

No sé si debería conformarme con ser aquella medalla de plata que me dieron o si tengo que ir a por el oro, porque así tal vez se me mirará y escuchará de otra manera, de una manera en la que yo sea respetada y querida, una manera en la que yo sería la elegida.

No soy egoísta, pero sin duda a veces me apetecería tener el protagonismo por una única vez y no compartirlo con nadie, no dejar ni una gota de pintura dorada para otras personas, porque a veces pintan a la plata con oro pero siempre seguirá siendo plata.

Debería conformarme con al menos ser la segunda mejor opción, pero a veces solo quiero llegar a casa y ser la mejor, la persona a la que miren y elijan, o esa persona que todos admiran.

Por eso siempre amaré la plata, la plata siempre será mi primera opción porque a veces, aunque brille un poco menos que el oro, en los ojos correctos la plata es mucho más bella que el oro y me aseguraré de que mis ojos sean quienes siempre elijan la plata.

Lo que me resulta extraño es que hay ocasiones en las que esa plata que me forma acaba pasando a oro, hay veces en las que soy ambas, como cuando una persona usa ambos metales porque sienten pena por uno o el otro.

Soy la plata, segunda pero también soy la primera en aquellos ojos plateados que buscan fascinación en otras personas que son como ellos, soy la plata y cada vez estoy más segura de que me encanta serlo.

Puedo compararme a un árbol robusto en medio del bosque, anhelando ser el más alto y majestuoso entre todos, pero a veces, siendo simplemente un pino común en la mirada de otros. No sé si debo conformarme con ser un árbol de hojas verdes o si debo luchar por convertirme en un árbol frondoso que todos admiren, donde las aves encuentren refugio y las sombras sean profundas...

No es que sea egoísta, pero a veces deseo ser el sol que ilumina todo el cielo y no compartir mi luz con ninguna otra estrella. No quiero que la noche oculte mi brillo, sino ser el resplandor que guía a todos en la oscuridad. Tal vez debería aceptar ser la segunda fuente de luz, pero, de vez en cuando, anhelo ser el faro que todos sigan, el fuego que todos miren con admiración. Por eso siempre me siento como el sol, porque en ciertos ojos, incluso si soy solo una estrella más, mi luz brilla con un esplendor único.

16

A los 6 años siempre me imaginaba con 16, no podía esperar a ver en lo que me hubiera convertido, quería salir con mis amigas, tener un novio y viajar, quería tener la altura necesaria para todas las atracciones de las ferias o entender por qué las mayores usaban el maquillaje.

En siete días cumplo los 16 y me gustaría haber podido ser una niña, me gustaría no haber tenido aquella ansia dichosa por crecer, haber respirado en cada rincón que hacía mis ojos brillar por un poco más, valorar mis Navidades, seguir siendo una niña y no haber tenido que crecer a esa edad.

Ahora que tengo casi 16 no puedo evitar que haya tres partes de mi que no paran de pelear entre sí, una parte de mi desearía volver a ser una niña para pasar mis Navidades y año nuevo en familia, porque aunque solía pensar que era algo banal, que todo era por los regalos, me he dado cuenta de que no es así, estas Navidades me siento sola, increíblemente sola.

Otra parte de mi quiere seguir siendo una adolescente, seguir viajando a nuevos sitios, probando nuevas técnicas de maquillaje y dedicando su tiempo libre a escribir sus sentimientos porque al hablar le sale un nudo en la garganta.

Y está esa parte, esa parte de mi que no puede esperar a ser una adulta, vivir en una zona cualquiera del oeste de Europa, Reino Unido, Mónaco, Francia, Italia o puede que el norte, Suecia, Finlandia, Noruega, tener mi propia vida y trabajo ya forjados y pasar mi vida de la forma en la que siempre he querido.

Quiero huir lejos, muy lejos de mi familia, empezar mi propia familia, tener mi vida ya forjada y vivir mi vida, sin tener que estar anclada a las expectativas que tienen de mi y solo preocuparme por seguir siendo feliz, quiero aprender dos idiomas más, viajar a todos los sitios vistos y por ver en Europa, leer aquellos libros que siempre me llamaron la atención y escuchar cada canción del mundo.

Pero tal vez solo esté diciendo sandeces debido a la impotencia que siento al ver a otras personas pasar su año nuevo con amigos y familiares y yo tener que pasarlo pudriéndome en mi cama.

Terremotos

La luz se me escapa de entre los dedos, como el agua de tus manos cuando intentas beber con ellas, como el sol cuando llega la hora de que aparezca la luna, como aquella ola cuando es momento de chocar contra la orilla.

La sensación de soledad se me instala en el pecho, como cuando llega la noche y las estrellas son lo único que queda a tu lado, como cuando caminas sola a clases mientras te abrazas a ti misma, como cuando la última hoja cae del árbol en otoño.

Te fuiste, ya no soy capaz ni de recordar tu voz o tu risa, pero nuestra foto permanece en mi escritorio, tus ojos mirándome cuando siento que ya no me dueles más, cada vez que sé que te he comenzado a olvidar.

Y el fuego en mi alma consume las paredes de mi interior, lagunas en mis ojos, terremotos en mis manos, preguntas en mi mente, dolores en mi alma, dudas que se quedarán sin resolver.

¿Tanto te costaba comunicar las cosas conmigo en vez de irte cuando no podías más? Yo hubiera cambiado, hubiera luchado por mantenerte a mi lado, por ser mejor persona, por nuestra amistad, por ti, hubiera hecho hasta lo imposible para seguir teniéndote, para seguir pudiendo nombrarte en presente del indicativo y no en un pretérito perfecto.

Lo siento, siento haberte roto sin haber sido esa mi intención, siento que nuestra amistad haya acabado el día de tu cumpleaños, no lo merecías, si tan solo hubiéramos usado nuestras palabras…

Pero la vida es muy corta como para mendigar amor, como para temerle a quedarte sola de nuevo, como para guardar rencor a los demás a pesar del daño que te han hecho, como para dejar de luchar, como para seguir esperando ese mensaje que nunca llegará, como para tener pavor a confiar de nuevo, como para dejar que las cosas duelan más de lo que deberían.

La vida es muy corta, la gente se irá y otra gente llegará, seguir sufriendo por algo que no tiene solución es un sinsentido, la vida es muy corta, hay que volver a volar, hay que dejar ir a quién no se quiere quedar.

Es hora de dejar este barco zarpar y de comenzar tu vuelo de nuevo, no tiene sentido volar junto a un barco cuyo destino no es el mismo, todo lo que puedo decirte es que deseo que tu vuelo llegue a ese destino sin dificultades, ambas tenemos que volver a volar.

El diario de una persona rota se acabó de
imprimir en Madrid en el mes de
febrero de 2025

Ejemplar nº 49 de 50